최성아 제 3 동시조집

가위바위보

최성아 제 3 동시조집

가위바위보

여는 시조

연초록 싹 틔우던
겨레시 이십여 년

먼먼 길 또박또박 쉼 없이 가고 싶다

민들레 소나무까지
주인공을 만들며

2023년 햇봄
최성아

*1*부 꽃이라는 이름

2부 신바람꽃이 피겠다

3부 *꿈을 가득 나른다*

4부 누군가 몰래몰래

5부 어디든 어울려 사는

1부

꽃이라는 이름

꽃이라는 이름

'꽃' 하고 불러보면 내 입에 향기나요

'꽃' 하고 바라보면 내 눈에 빛이 나요

'꽃' 하고 주위를 보면 친구들 다 꽃이죠

창과 비

톡톡톡 누구세요 알면서 모르는 척
빗방울 방울방울 이래도 모르겠어요
해종일 수수께끼 풀죠
보는 내가 애타죠

아침의 노래

짹짹짹 일어나요
햇살이 눈을 뜨고

멍멍멍 다녀와요
골목이 잠을 깨고

학교는 기지개 켜며
발소리에 까르르

가위바위보

찬바람 가위질에 새봄은 바위 낸다

숨죽인 꽃잎들이 펑펑펑 손뼉 치면

뛰노는 아이들까지 이겼다고 와아아

가을 아이들

운동장 은행잎이 노랗게 물이 든다

교문 앞 벗나무도 알록달록 꿈을 심고

파래라 더 파래져라 하늘 보며 자라요

봄 울타리

아직은 이르다고 반쯤만 눈 뜬 걸까
햇봄을 한 줌 떠다 세수를 시켜볼까
아니야 곧 나올 거야 그냥그냥 기다려

노오란 꽃그늘에 사랑으로 널 그려봐
개나리 민들레도 네 이름 부르는 걸
잰걸음 먼저 온 바람 친구들을 반기네

아야 아야

할머니 아픈 허리
아빠를 키웠고요

외할머니 아픈 무릎
엄마를 키웠지요

끄응끙 앓으시면서도
말씀은 늘 괜찮대

방학이라는 빵

날마다 야금야금
아끼며 먹었는데

어느새 하루 남은
방학이 얄미워라

큰 빵을 다 먹었으니
몸무게만 늘었네

삼 년 만이래요

내일은 체험 학습
차 타고 떠나지요

엄마가 자라 해도
잠은 멀리 달아나고

가슴에 풍선이 가득
발이 둥둥 떠다녀

감나무 선생님

땅 보며 하늘 보며 가을을 가르쳤죠

발그레 물이 오른 사랑을 그려가며

우듬지 홍시 몇 알은 까치 거라 이르죠

공짜라서 더 귀해요

공기를 나눠주는 지구별 고마워요
누구든 어디서든 원하면 다 주지요
오늘도 무료로 받아
고마운 줄 몰라요

함부로 뱉어내다 지구가 아프대요
공기가 병이 들면 숨쉬기 어려워요
아무리 병원 많아도 고칠 수가 없지요

책 속의 답

책 맛이 어떠냐고 엄마가 물으신다

책 속 길 찾았는지 아빠가 물으신다

오늘도 책을 읽으며 정답 찾기 진행 중

국악 시간

내 안에 숨어있는
어깨춤 들썩들썩

대대로 물려받은
아리랑 겨레 노래

얼씨구 신명 오른다
우리 것이 최고야

날마다 자라는 우리

한 뼘씩 키가 크면 마음도 넓어질까

거울에 비춰보고 가슴둘레 재어볼까

아니야, 보이지 않는
자랑들이 자라지

2부

신바람꽃이 피겠다

거미는 캠핑 박사

줄 하나 가지고도
어디든 텐트 치네

누가 더 빨리 하나
아침부터 내기하네

놀이로 배우는 공부
멋지고도 재밌네

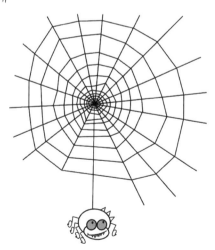

상

팡팡팡 사방에서 칭찬이 날아드네
짝짝짝 박수 소리 가슴에 스며드네
내일은 신바람꽃이
걸음마다 피겠네

몸무게 재는 날

체중계 속닥속닥
내 비밀 보았을까

창 너머 소나무는
괜찮아 다 괜찮아

풀꽃도 고개 끄덕이며
건강하면 최고래

눈을 사고 싶어요

한 움큼 설탕 가루 거실에 뿌려봐요

신나서 바람 타는 밀가루 흩뿌려요

겨울에 눈이 안 오는 부산 아이 내 소원

다 안다

톡톡톡 튀고 있다
콩알이 날아가듯

화장실 거실 건너
카톡 숨 넘어간다

울 언니 약속 있는 날
말 안 해도 다 안다

나도 몰래 자꾸만

친구가 토라질 때 눈 먼저 붉어지고

내 마음 알아주는 한마디에 글썽글썽

눈물아 좀 참아줄래 네가 먼저 오지 마

까치가 우는 날

눈 뜨니 창 너머로
반갑게 소리친다

날 놀린 옆 반 친구
사과하러 오는 걸까

아니면 받아쓰기 백 점
오늘 너를 믿는다

복도에서 보면

기차가 교실 칸 칸 태우고 달립니다
쉬는 시간 정거장에 친구들 내려주고
빨리 와 떠날 시간이야
기차 문을 닫는다

시인이 되는 날

하굣길 주워보는 빨간색 단풍 한 장

집까지 따라오며 신나서 종알종알

가을물 같이 들자며 살랑살랑 흔드네

우리는 꽃바구니

혼자만 잘났다고
뽐내지 않는 친구

제자리 밀친다고
화내지 않는 친구

가만히 들여다보면
여럿이라 더 좋아

물

물 너는 무얼 먹고 그렇게 맑은 거니

겉과 속 같은 모습 거짓을 모르는 너

오늘도 본받고 싶어 거울 보듯 널 본다

바람의 그림

새봄에 터뜨리는
꽃망울 갸웃갸웃

한여름 초록 그늘
이파리 살랑살랑

단풍물 붉게 쏟다가
이어가는 하얀 칠

방학 시작

책가방 벗겨내는 어깨가 들썩인다

공부가 가벼워져 저절로 으쓱으쓱

매미는 창밖에 앉아 축하 노래 매앰맴

산골의 아침

산새가 총총대며
창가에 기웃기웃

알람을 다 꺼버린
늦잠을 구경하다

콕콕콕 물어 나른다
아침 해가 오른다

3부
___

꿈을 가득 나른다

나뭇잎

긴 얼굴 넓은 얼굴
모습은 다르지만

둥글고 뾰족하고
성질도 다르지만

어울려 힘을 합치는
우리 동네 늦가을

불그레 물든 감

부끄럼 많이 탄다
놀리지 않을래요

떫은맛 벗겨내려
애쓴 일 아니까요

홍당무 주근깨라도
맛을 보면 엄지 척

잠자리 날개

첫째는 동쪽 맡고
둘째는 서쪽 보며

따뜻한 남쪽 하나
힘차게 북쪽 또 하나

사방을 고루 다니며
꿈을 가득 나른다

코로나19 시대

등교 전 서둘러서 체온을 재어본다

오늘은 정상이야 체온계도 신이 났다

옛날엔 학교가 싫어 꾀병까지 부렸지

교실

빵빵한 이야기들 둥둥둥 떠다닌 꿈

수업이 끝난 뒤는 바람 빠진 풍선이다

내일 또 새로운 공기 얼마만큼 채울까

낙엽은 따뜻해

겨울을 준비하는
흙으로 돌아가는 길

뿌리가 추울까 봐
수북이 덮어준다

낮은 데 눈을 돌리는
참 따뜻한 손길들

하늘 기행

포실한 매트리스
아득히 펼쳐놓고

아빠 다리 위에서
비행기 놀이한다

온 세상 내려다보며
사랑 속에
둥둥둥

사과 먹는 날

새콤한 침이 고여 아사삭 소리 나는

달콤한 침이 흘러 발그레 웃음 피는

하루가 통통 튀지요
동글동글 힘나요

줄넘기 연습

서너 번 넘어가다
다리에 또 걸려요

속상해 거미에게
비법을 물어봐요

힘 빼고 사뿐 뛰어봐
나비처럼
벌처럼

봄 패션쇼

개나리 자목련이
뽐내는 자랑 대회

벚꽃이 깜짝 놀라
옷방 문 여는 사이

내 동생 날개옷 꺼내면
온 골목이 봄이다

봄바람

예쁜 꽃 피운다며 밤에도 자지 않는

날쌔고 부지런한 네 모습 그려줄게

봄에는 바람이 좋아 함께 놀고 싶어요

산

멀리서 바라볼 땐
모두가 닮았어도

가까이 다가가면
서로 다른 이파리들

이름을 가만 불러주면
살랑살랑 답하죠

에어컨

북극의 큰 얼음을 떠메고 왔을까요
남극의 눈덩이를 싹 쓸어 왔을까요
더위가 꼼짝 못 해요
부들부들 떨지요

여름 등산

초록에 물이 들면
우리는 나무 된다

시원한 여름 산에
바람도 한들한들

땀방울 날아간 자리
이야기꽃 방그르

4부

누군가 몰래몰래

조마조마

시험지 나누실 땐
틀린 게 나올까 봐

짝지를 정하실 땐
친구랑 멀어질까 봐

괜찮아 토닥이는 말
사라지는 울렁증

복도를 왜 뛰어

누군가 몰래몰래 바퀴를 달았을까

심심해 같이 놀자 바람이 미는 걸까

째앵쌩 뛰어다니는 발바닥 좀 잡아줘

일렁일렁

참매미 노래 따라 살포시 눈 감으면

내 몸은 튜브 타고 바다에 둥둥 뜬다

파도에 더위를 씻는
매미 바람 부는 날

우리 학교 옹벽

풀 하나 나지 않아 황토색 칠했는데
박새가 떨어뜨린 풀씨가 꿈틀꿈틀
바람이 거들어줬나 언저리도 가득해

외솔 선생님

벼랑 끝 내몰리던
우리 글 끌어안고

시퍼런 총칼 앞에
일구신 걸음걸음

한글을 우러러보며
주먹 쥐고 지킬래

여름밤 숨바꼭질

오늘 밤 술래라고 말하지 않았는데
앵앵앵 잡아봐라 모기가 약 올린다
올가미 전자 모기 채
살짝 든 줄 모르고

선크림

봄 햇살 정도라면 모자로 가리고요

센 햇살 내리쬐면 방패가 튼튼해야지

여름을 맞장구치기엔

나만 한 건 없을 걸

시간

누가 더 빠른지를 겨루어 보고 싶어

아침에 또 저녁때 잡히나 싶었는데

저만치 앞질러 가며
메롱메롱 약 올려

셈하기

남으면 올려주고
모자라면 빌려주고

고개를 넘어가듯
자릿수 맞춰간다

우리가 함께 사는 세상
수학 시간 닮았다

매미의 변명

혼자서 노래하면
부끄럼 타지만요

여럿이 합창하면
어깨가 으쓱하죠

때때로 시끄럽다지만
함께 해야 신나요

여름 나무

아무리 뜨거워도 초록물 더 싣고요

아무리 힘들어도 그늘 더 만들고요

훼방꾼 폭염 앞에도 물러서지 않아요

돌멩이 친구

귀퉁이 버려진 채
아무도 찾지 않던

새 소리 풀꽃들만
친구가 되었는데

학교 갈 준비물이라며
씻어주고 달래고

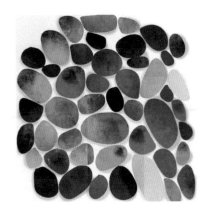

작품 게시판

즐거운 방학이라
아무도 없는 교실

친구들 대신해서
작품들 속닥속닥

제 주인 자리 지키며
저들끼리 즐겁다

지하철

여름도 겨울에도
변하지 않는 걸음

오로지 한 길로만
눈 한 번 팔지 않는

모범생 너를 따르면
지각 걱정 없지 뭐

5부
___

어
디
든

어
울
려

사
는

집중호우

아빠같이 듬직하던 뒷산이 무너져요
물대포 쏘아대는 빗줄기 겁이 나요
자연이 더 화내기 전에
아껴주고 달래요

다문화

프랭키 프린세스 반려견 부르는 말

생태천 산책길도 국적 없는 한 무대죠

어디든 어울려 사는 개 이름도 다문화

10분의 길이

친구랑 친해지자
새끼 손 걸어보는

등굣길 다투던 일
손잡고 지우려는

짧지도 길지도 않은
쉬는 시간 좋아요

너무 신나서

기차가 지나는 듯
천둥이 소리치듯

친구들 귀를 막고
선생님 놀라신다

미안해 나도 모르게
터져버린 내 화산

가족사진

내 동생 엄마 닮아
눈이 참 커다란데

웃으면 안 보이는
내 눈은 아빠 닮아

그래도 동그란 얼굴
동글동글
똑같죠

내 꿈의 색깔

걱정이 많은 날은
어두운 괴물 나라

기분이 좋은 날은
알록달록 꽃의 나라

날마다 색이 달라요
누가 몰래 칠할까

그래그래

할머닌 나를 보며 뭐든지 괜찮대요

똥 머리 토끼 머리 모두 다 예쁘대요

사랑이 넘쳐흐르는
말을 먹고 자라죠

고인돌

바위들 한 몸 되어 수천 년 이어오는

조상들 무덤 앞에 손 모아 예 올리며

바람이 날라다 주는
긴 역사를 배운다

갈매기 초등생

자맥질 먹이 사냥 배우기 힘들지만

사람들 던져주는 새우깡 멀리해요

바다가 가르쳐 주는 건강 음식 최고죠

한글

우리 글 토박이 글
찾아내 손을 잡는
재미난 술래잡기 구름처럼 모여들죠
한글을 이어 나가면
문을 여는 새 세상

외래어 쓰다 들켜 발 동동 구르고요
엉터리 줄임말에 풀썩 주저앉고요
우리 글 사랑한 사람
만세만세 부르죠

해바라기

해 따라 돌아가는
너는 꼭 따라쟁이

달님이 부를 때는
고개를 푹 숙이고

사랑해 너를 사랑해
해를 보며 웃지요

인형극 보다

재밌는 인형 나라 재롱에 빠져든다

노래와 춤이 좋아 엉덩이 들썩들썩

끝나도 가시지 않는 싱글벙글 어깨춤

금붕어는 바빠

어항 속 물놀이는
수영이 아니란다

어깨를 활짝 펴며
힘내라 응원하고

꼬리를 살랑 흔들며
새 아침을 연단다

술래잡기

주먹 쥐고 귀 세우고 시작을 기다린다
오늘은 정말정말 치타가 되어야지
잡혀도 별일 아닌데 기를 쓰고 달린다

저만치 쫓아오는 기린을 피하다가
눈 밝은 강아지가 뒤를 바짝 쫓는다
여기는 또 다른 밀림
동물 왕국 생각나

동시조와 어린이시조

최성아

시조시인, 부산 사직초 근무

Ⅰ. 들어가며

어린이시조와 동시조는 어떻게 다를까? 이 둘은 다 같이 동심童心을 표현한다는 점에서 아동문학이다. 다만 동시조는 어른이 어린이에게 읽히려는 목적의식이 있으나 어린이시조는 그런 것 없이 어린이가 자유롭게 자기 마음 즉 동심을 표현한다는 점이 다를 뿐이다.

동시조는 동심을 담아 쓰는 시조며, 문학성 또한 담보해야 하지만 어린이시조는 어린이의 꾸미지 않고 순수한, 거짓되지 않은 참마음만 보이면 된다. 어린이시조는 어린이답게 누구 눈치 볼 것 없이 누구에게 자기 의도를 전달하려는 목적 없이 자기 생각대로 쓰면 되는 것이다. 어린이들은 시조를 쓰면서 일상의 지친 마음이 맑아지고 생각도 정리되며 치유(힐링)가 된다.

Ⅱ. 시와 시조는 어떻게 다를까?

시와 시조는 어떻게 다를까? 시와 시조는 다 같이 자기 느낌과 마음을 글로 나타낸 것으로 다 같은 시다. 다만 글로 나타내는 형식이 다를 뿐이다. 즉 시는 제 마음대로 글을 쓰면 되지만 시조는 일정한 형식이 있어서 이 형식에 맞게 써야 한다. 어찌 보면 시가 쓰기 쉬울 것 같지만 그렇지도 않다.

시(또는 시조)란 마음의 느낌(시심)을 나타낸 운문韻文이다. (우리가 쓰는 글에는 운문과 산문散文이 있는데 간단히 말해 리듬이 있는 글이 바로 운문이다.) 둘 다 운문이지만 시조는 시보다 더 운문적이다. 그것은 시詩는 그 운율韻律이 글 속에 숨어 있어 눈에 잘 안 보이지만(내재율內在律이라 한다) 시조는 글 밖에 드러나 있어 눈에 잘 보이기(외재율外在律이라 한다) 때문이다. 이 점이 시와 시조가 근본적으로 다른 점이다.

아동문학 중에 운문으로 되어 있는 것은 동시와 동요 그리고 동시조다. 이 셋 중 가장 운문성이 낮은 쪽은 동시이고 가장 높은 쪽은 동요다. 동요는 문학이라기보다 음악이요 노래에 가깝다. 동시조는 이 중 중간에 든다고 할 수 있다. 즉 동시조는 문학이면서도 음악인 두 성격을 모두 가지고 있다. 그러면 잠시 동시와 동요 그리고 동시조가 어떻게 다른지 작품을 가지고 비교해 보자.

아래 세 작품은 제목을 '잘 잤니'나 '아침', '아침의 노래' 등으로 다르게 표현했지만 모두 즐거운 아침을 맞이하는 마음을 나타내고 있다. 그런데 그 어조를 보면 동시는 가만히 속삭이는 듯하지만, 동요는 노래하듯 한다. 동시는 내용이 자유스럽지만, 동요는 거의 똑같은 음률로 반복되고 있다. 즉 글자 수가 일정하게 반복되면서 리듬을 나타내고 있다.

동시조는 어떠한가? 석 줄로 예쁘게 배열되어 있고 글자 수도 3자와 4자가 일정하게 반복되고 있다. 리듬은 어떠한가? 동요보다는 조금 복잡하다. 동요는 단순히 반복되고 있어 바로 노래처럼 불리지만 동시조는 노래인 듯하면서도 무언가 생각하게 하고 동시처럼 속삭이는 듯하면서도 어느덧 노래하고 있다. 그래서 동시를 문학이고 동요를 음악이라고 한다면 동시조는 문학인 동시에 음악이고 음악인 동시에 문학인 양면성을 가지고 있는 것을 알 수 있다.

동시	동요	동시조
잘 잤니	아침	아침의 노래
짹짹짹 참새야, 잘 잤니? 방글방글 꽃아, 잘 잤니? 멍멍멍멍 강아지야, 잘 잤니? 뿡뿡뿡빵빵 자동차야, 잘 잤니? 엄마, 아빠 안녕히 주무셨어요?	일어나자 아침이다 어서들 일어나서 아침해 바라보며 우리모두 노래하자 일어나자 아침이다 어서들 일어나서 아침해 바라보며 우리모두 노래하자	짹짹짹 일어나요 햇살이 눈을 뜨고 멍멍멍 다녀와요 골목이 잠을 깨고 학교는 기지개 켜며 발소리에 까르르

앞의 ①과 ②의 두 시조를 소리 내어 읽어보자. 물론 여기의 「아침의 노래」라는 동시조도 마찬가지다. 소리 내어 읽으면 무언가 출렁출렁하는 느낌이 든다. 규칙적으로 반복되는 듯한 가락이 느껴진다. 이것이 바로 가락, 운율이다. 시조는 옛날부터 '노래하는 시'였기 때문에 이 운율이 생명이다. 이 운율을 살리기 위해 일정한 형식 장치가 필요한 거다. 노래는 소리로 뜻을 전달하는 것인데 그 소리가 제멋대로이거나 밋밋하면 맛이 날까? 그 맛을 살리기 위해서 미리 일정한 틀(형식)을 만들어 놓은 것이 시조다. 시와 시조는 다 같이 문학이지만 시가 '속으로 읽는 시', '눈으로 보는 시'라고 한다면 시조는 음악 쪽에 더 가까워 귀로 듣고 입으로 읊는 시, 다시 말하면 '글로 쓴 노래'라고 할 수 있다.

그러므로 시는 어떤 틀에 구애됨이 없이 생각나는 대로 자유롭게 써도 되지만, 시조는 아무렇게나 쓰면 운율을 잘 나타낼 수 없으므로 미리 만들어 둔 틀에 맞게 써야 하는 것이다. 그래서 시는 자유시自由詩라고 부르고 시조는 정해진 틀(형식)이 있다는 뜻에서 정형시定形詩라고 부른다. 이 정형시는 정돈된 틀을 가진 시라는 뜻에서 정형시整型詩라고도 부른다. 누구든 시조를 배우려면 무엇보다 먼저 이 틀 즉 형식을 배워야 하는 까닭이 여기에 있다.

그런데 이 틀에는 형식의 틀 말고도 내용상으로도 틀이 있다. 즉 시조는 형식이 정해져 있어서 아무렇게나 말을 늘어놓는 것으로는 안 되고 그 형식에 맞추어 자기 생각 즉 시상을 질서 있게 담아 마무리를 지어야 한다.

다시 말하면 '눈에 보이는 틀'이 형식의 틀이고 '눈에 보이지 않는 틀'이 내용의 틀이다. 내용의 틀을 이해하자면 처음에는 다소 어려우니까 우선 형식의 틀을 확실히 익혀야 한다.

어쨌든 시조는 '틀이 있는' 시다. 그러면 시는 틀이 없으니까 쓰기 쉽고 시조는 틀에 맞춰야 하니까 쓰기 어려울까? 그렇지 않다. 알고 보면 시조가 더 쉽다. 사실 틀이 없으면 어떻게 써야 할지 막막할 때도 있지만 시조는 틀이 미리 정해져 있으니까 그런 고민을 할 필요가 없다. 누구든 그 틀만 알면, 그 틀에 따르면, 그 틀 속에 생각을 간추려 집어넣기만 하면 되니까 오히려 더 쉽지 않을까?

Ⅲ. 동시조와 어린이시조, 어떻게 다를까?

동시조의 문학상 위치는 아동문학의 여러 갈래 중 하나이며 동요, 동화, 동시와 나란히 놓을 수 있을 것이다. 그런데 현시점에서 보자면 동시조는 아동문학인지 시조인지 분명치 않다는 것이 일반적인 생각이다.

동시조도 엄연히 시조이므로 이를 시조의 갈래에 넣는 것은 당연하다. 그러나 동시조는 시조이지만 어른이 쓰는 일반적인 시조와는 좀 다르다. 다 같이 어른이 자기의 성정을 쓴 것이긴 하나 동시조는 어른이 어린이를 위해 어린이 시각으로 쓴 시조를 말한다.

물론 꼭 어린이만 대상으로 쓰는 것은 아니다. 어린 시절로 돌아가고 싶어 하는 어른들, 동심의 세계에서 마음의 위안을 느끼려는 어른들도 동시조를 비롯한 아동문학에 좋은 독자층을 이루고 있다. 그러나 이들은 예외적이고 주된 독자는 역시 어린이다.

　동시조 또한 동요나 동시, 나아가 동화까지 모두 어른이 쓴 작품이지만 그것이 읽는 대상이 어린이라는 점에서 아동문학에 들어간다. 그러므로 동시조도 당연히 아동문학에 들어간다. 따라서 시조시인이 시조가 아닌 동시조를 쓰면 쓰는 순간에 바로 동시조 작가 아니 아동문학가가 되는 것이다.

　그런데 동시조와 비슷한 뜻으로 쓰이는 어린이시조가 있다. 이는 어린이가 자기 시각으로 직접 쓴 시조를 말한다.

　동시조와 어린이시조가 다 같이 동심을 바탕으로 쓴다는 점에서는 같으나 동시조는 문인 즉 기성작가가 쓴 작품으로서 문학성을 확보하고 있다. 둘 다 '동심을 바탕으로 한 시'이나 그 동심은 약간 다르다. 동시조에서의 '동심'은 '어른이 어린이 마음으로 돌아간 상태의 동심' 즉 상상 속의 동심이고 어린이시조에서의 동심은 '어린이 자신의 마음' 그 자체로 현실 속의 동심이다. 그래서 어린이시조는 어린이 자기 눈과 마음으로 어린이다운 감동과 생각, 심리에 바탕을 두어 시조형식으로 직접 쓴 시인 것이다.

　동시조는 기성 시인이나 기성 아동문학가가 지은 것이라 높은 문학성과 예술적 향취를 느낄 수 있어야 하지만 어린이시조는 기성 문인이 아닌 순수 어린이가 쓰는 거라

문학성과는 무관하다. 물론 어린이시조에서도 높은 문학성과 예술적 향취를 느낄 수 있는 것도 있겠지만 그것은 예외적이거나 부수적인 성과일 뿐이다. 동시조가 '완성도 높은 시조'라면 어린이시조는 '감명이 깊은 시조'라고 말할 수 있다. 동시조는 처음부터 작품을 만든다는 생각으로 짓고 또 이를 문학지 같은 데에 발표하지만 어린이시조는 습작 과정 또는 글짓기 과정에 짓는 것으로 끝난다.

이처럼 동시조와 어린이시조는 엄연히 다르다. 그래서 어린이시조는 '시조를 짓는다'라고 말할 것이 아니라 '시조를 쓴다'라고 말하는 것이 더 정확하다. '짓는다(창작한다)'라는 것은 쓰는 것 외에 무언가를 꾸민다는 뜻이 가미되어 있다. 그 꾸밈이란 시를 만드는 기술을 말하는데 어린이시조에서는 이 기술이 꼭 필요한 건 아니다. 꾸밈이란 '간단히 할 수 있는 말을 이리 돌리고 저리 돌려서 애매모호하게 만드는 것'을 말한다. 이를 위해서는 여러 가지 시적 기술, 예컨대 비유법, 수사법 같은 전문 기술이 필요하다. 앞으로 전문문학가가 되려면 이러한 기술을 배워야 하지만 어린이들은 아직 그럴 필요가 없다. 오히려 이런 기술 습득에 의한 재주가 아닌 순수한 어린이 마음 그대로를 온몸으로 꾸밈없이 나타낸 글이 더 감동적일 수 있다.

또 어린이시조와 동시조는 시의 내용과 주는 감동이 다르다. 작품의 질적 가치가 어린이시조라고 하여 동시조보다 못하다고 할 수 없다. 즉 어린이시조는 어린이시조로서 갖는 가치가 있고, 동시조는 동시조로서 갖는 가치가 있다.

그럼 동요, 동시, 동시조, 어린이시조를 작품을 두고 비교해 보자. 이 책 맨 앞에서 동요, 동시, 동시조 중에서 동요는 가장 음악적이고 동시는 가장 산문적이라 했던 적 기억날 것이다. 동시는 그 중간에 있다. 다음에서 확인해 보자.

봄바람은
톡톡톡
눈뜨는 바람

봄바람은
파랑 노랑 빨강
색칠하는 바람

— 박정서, 「봄바람」 전문

위의 작품은 동요다. 그냥 읽기만 해도 노래 같은 느낌이 든다. 굳이 곡을 붙이지 않아도 그 자체로 음악이 되어 있다.

아지랑이가 타는 들길을 가면
따스한 햇살이

꽃으로 되는

사월

뒷산에서 우는가

뻐꾸기

울음 속에

송화가루

새큼한

향내가

들어온다

어느새 자랐을까

파아란

잔디 위에

문득 길을 멈추고

조용히 눈감으면

오늘은

또

바람이

노래로 흐르는가

　　　　　　　　　　　　－ 최계락, 「봄날」 전문

　이는 동시다. 가만히 읽어보면 노래 같은 느낌은 안 들
지만 군데군데 그림 같은 느낌이 들고 다 읽고 나면 어떤
봄날의 화사한 모습이 떠오른다.

보리밭 건너오는 봄바람이 더 환하냐

징검다리 건너오는 시냇물이 더 환하냐

아니다 엄마 목소리 목소리가 더 환하다

— 정완영, 「엄마 목소리」 2수

　이는 동시조다. 동시조는 동요 같기도 하고 동시 같기도
한 양면성을 가지고 있다. 시 속에 노래도 있고 그림도 있
다. 이 작품 속에는 어떤 메시지 즉 엄마 목소리가 가장 소
중하다는 뜻이 들어 있다.

아랫집 할머니의 정 담은 김치 선물

쭉 찢어 한입에 쏙 밥도둑 따로 없네

볼록한 내 배보다도 마음이 더 부르다

— 「김장 김치」 전문

　이 어린이시조를 읽으면 그냥 머리로 지어낸 것이 아니
라, 어린이가 본 대로 느낀 대로 편하게 마음속에서 토해
내듯이 쓴, 생활 느낌이 생생하게 살아있는 시라는 것을

알 수 있다. 여기에는 어떤 메시지도 없다. 그냥 어린이 나름대로 별을 본 모습을 직감적으로 붙잡아 시속에 담았을 뿐이다. 이런 시조가 진정한 어린이시조다. 이런 어린이시는 어른들이 쓴 시조나, 동시조에서 볼 수 없는 또 다른 감동을 읽는 이에게 준다. 이것이 어린이시조가 동시조보다 더 어린이 마음을 직접적으로 보여주는 좋은 예가 된다.

Ⅳ. 동시조의 어제와 오늘

우리나라에서 동시조를 맨 처음 주창한 사람은 이구조 선생님이다. 이분은 시조시인이 아니다. 이분이 1940년 동아일보에 「아동시조-어린이문학논의」이란 글을 발표한 것이 현재로선 동시조의 최초로 본다. 그 후 20여 년이 지난 1963년에 시조를 쓰는 이명길 선생이 경남 진주에서 어린이시조 제창 운동을 벌이고 진주 시내 초등학교를 순회지도하였고 그 이듬해 아동문학가 이석현 선생이 「아동문학의 미개지」《아동문학 10집》라는 글에서 동시조 개발을 제의하고 때마침 이명길 선생이 진주 개천예술제 백일장에서 초등부에 어린이시조를 삽입하면서 아동문학에 동시조가 끼이게 되었다. 그러나 본격적인 동시조운동과 동시조 창작은 1968년 박경용 시조시인이 「동시조 이야기」를 《가톨릭소년잡지》에 동시조 이론과 실제를 연재(1968년 3월~5월)하면서부터였다.

그 후 1970년 『어린이시조 첫걸음 (이명길 편)』이라는 책이 나오고, 박경용 시조시인과 정완영 시조시인 중심으로 동시조 운동이 활발히 전개되어 1989년 최초의 동시조집인 정완영의 『꽃가지 흔들 듯이』가 발간되고 이어 박경용의 동시조집 『별 총총 초가집 총총』이 발간되었다. 이 해 최초로 동시조 동인 모임인 〈쪽배〉가 결성되어 동시조운동이 활성화되었다.

한편 이 '동시조' 외에 '어린이시조'라는 용어도 같이 쓰여 왔는데 이는 울산지역의 일부 교사들이 운영하던 동시조 사이트를 중심으로 어린이시조 짓기를 지도하던 김호길, 김영수 등 시조시인들이 어린이들에게 '어린이시조시인'이라는 호칭을 주고 격려, 어린이시조 짓기에 불을 당겼다. 그것이 발전하여 2003년에 조오현, 박구하 등 시조시인이 세계시조사랑협회를 창설한 이후 매년 어린이시조시인 작품을 받아 작품집을 내고 〈세계어린이시조시인〉 이라는 호칭 수여와 함께 우수상을 시상함으로써 울산뿐 아니라 부산, 서울, 대전, 대구, 창원, 마산, 진주, 전주, 강원 등지의 초중학교로 확대되면서 어린이시조가 전국적인 붐을 이루게 되었다.

2004년에는 국내 50여 개 초등교 이외에 중국 10개 조선족 소학교가 참여하여 어린이시조시인 650명 배출하였고 2006년에는 926명(국내 45개교 646명, 해외 32개교 280명)에다 지역 또한 중국 연변 외에 심양, 목단강, 하얼빈 등지로 매년 그 수가 늘어났다.

앞에서 동시조와 어린이시조는 다르다고 했다. 이 둘을

구별해서 말한다면 어린이시조는 이구조 선생이 최초로 주장한 아동시조가 맞는 말이고 이를 23년 후에 이명길 선생이 이어 다시 제창한 것이다. 그것이 40년 후에 김호길, 박구하 등에 의해서 전국 및 세계적으로 확대 발전된 것이다. 이에 비해 동시조는 1964년 이석현 선생이 제기하고 4년 후 박경용에 의해 제창되고 잇달아 정완영과 함께 동시조 확산이 일어나게 된 것이다.

V. 현 교과서 실태

현재 한국의 초중등 국어 교과서에 시조는 어느 정도 비중으로 실리고 시조 교육은 어떠할까? 2023년 현재 교과서는 9차에 걸쳐 교육과정이 바뀌었는데 시조의 수록 비중은 갈수록 감소하였습니다. 작품수록 수를 보면 1차에 12편, 2차 11편, 3차 18편, 4차 11편, 5차 17편, 6차 16편에 이어 7차에 8편이 실려 있었으며, 2009 개정을 거쳐, 최근 개정된 2015 개정 교육과정 내용을 소개하면 아래 표와 같다.

■ 2015 개정 교육과정 초등 국어교과서에 실린 시조 작품

학년	학기	단원	제목	지은이	비고
2	1-(가)	1.시를 즐겨요	강아지풀	이일숙	*국어활동교과서
3	1-(가)	1. 재미가 톡톡톡	소나기	오순택	교과서
	1-(가)	1. 재미가 톡톡톡	짝 바꾸는 날	이일숙	*국어활동교과서
	2-(나)	4. 감동을 나타내요	공을 차다가	이정환	교과서
	2-(나)	10. 문학의 향기	구름	이일숙	교과서
	2-(나)	4. 감동을 나타내요	맨드라미 꽃밭	정완영	*교사용지도서
	2-(나)	4. 감동을 나타내요	방울토마토	진복희	*교사용지도서
4	2-(나)	9. 감동을 나누며읽어요	군밤	박방희	교과서

			허리 밟기	정완영	교과서
5	1학기	2 작품을 감상해요	눈금 없는 저울	조규영	*교사용지도서
	2학기		될성부른 나무	이정환	*교사용지도서
			검정 비닐봉지	이정환	*교사용지도서
6	1학기	1. 비유하는 표현	풀잎과 바람	정완영	교과서
		8. 인물의 삶을 찾아서	하여가 / 단심가	이방원 / 정몽주	교과서
계	13편(교과서 6, 국어활동 2, 교사용 지도서 5)				

VI. 어린이시조 쓰기와 가르치기

동시조는 동심을 바탕으로 한다는 점 이외에는 일반 시조를 짓는 것과 다를 바 없다.

여기서는 어린이가 직접 쓰는 ('짓는' 것이 아닌) 어린이시조 쓰기에 대해 말하고자 한다. 먼저 어린이시조는 '작품'일 필요가 없으므로 마음대로 쓰면 된다는 생각을 가지셔야 한다. 교실이나 집안에서 하는 글짓기의 연장이라 생각하면 부끄러울 것도 없다. 시인이나 시조시인 내지 아동문학가도 아니며, 되려고도 생각하지 않으니까 얼마나 편하고 자유로운가? 편하게 마음먹고 생각을 털어놓으면 된다.

어린이시조를 어떻게 가르칠 것인가? 이 말은 시조를 어떻게 쓸 것인가? 하는 말과 같은 말이다. 이 말은 시조뿐 아니라 모든 글짓기의 공통된 문제다. 흔히 삼다三多 즉 많이 생각하고 읽고 많이 쓰라고 하는데 그 말이 맞긴 맞지만, 너무 막연해서 어떻게 해야 할지 잘 모른다.

그렇다면 시조 쓰기의 비법이라 내세우는 방법은 있을까?

　첫째는 남의 작품을 읽다가 내 마음에 들고 모범이 될 만한(텍스트성) 시조를 선정하여 이를 무조건 외우는 거다. 옛날 우리 선비들은 무조건 좋은 글을 외웠다. 지금도 외국에서는 좋은 문장, 좋은 시 외우기를 시킨다. 시조의 3장 6구니 율격이니 하는 것을 따지려 하지 말고 그냥 외워보라. 외워서 율격이니 호흡을 내 몸 스스로 알 수 있을 때까지 익히기를 하면 된다. 머리로 아는 것은 아는 것이 아니라는 말이 있듯이 몸으로 알아야 한다. 급할 때 본능적으로 우리 몸이 위험에 대처하듯이 말이다.

　두 번째 비결은 일기를 쓰는 것이다. 일기는 누구에게도 보여주지 않는 나만의 비밀공간이다. 그러기에 어떤 말도 어떤 글도 마음대로 마음 가는대로 쓸 수 있다. 누구에게 보일 게 아니니까 잘 쓰겠다는 마음도 없을 테고 누구에게 보일 게 아니므로 꾸밀 것도 하나 없다. 누구에게 보이기 위해 꾸며서 쓴다면 그건 일기가 아닐 테지만… 일기는 편하니까 마음에 긴장 없이 그냥 떠오르는 생각, 하루에 일어난 일에 대한 자기 느낌을 얼마든지 쓸 수 있다. 이것이 마음을 있는 그대로 드러낼 수 있는 최고로 좋은 곳이다. 그렇게 쓰다 보면 관찰력이 예민해지고, 추리력, 상상력이 향상된다. 매일 글을 쓰다 보면 글씨도 좋아지고 문장력이 자기도 모르게 키워진다.

　시조나 시는 누구나 쓸 수 있지만 나무, 낙엽, 꽃, 잠자리 등 내 주변의 사물을 보고 마음이 설레거나 이상한 느낌을 받았을 때 글로 옮기려는 마음이나 태도가 없이는 안 된다. 이를 시심이라고 한다고 했다. 시제로는 처음에는 독후감, 일기, 산문을 시조화 해 본다. 시조는 형식이 있으므로 바로 시조를 짓기 어렵지만, 되도록 생각의 단위를 묶어서 생각 덩어리별로 3덩어리로 나누어 써 보기 버릇해야 한다. 하나의 상밖에 없는 하나의 문장을 세줄, 12마디로 끊어 놓는다고 시조가 되는 게 아니다. 단순한 서술문(화자의 감상이 없는)은 시나 시조가 안 된다. 생각 덩어리를 서론, 본론, 결론으로 나누어 풀어놓은 후 이를 정리한다는 생각으로 다듬는다. 동시처럼 되었으면 동시조 형식에 맞춰 고쳐 써 보기를 한다.

우리말은 대체로 한 개의 어구는 3자, 4자 아니면 5자로 되어 있다. 우리말의 특징이 체언에 토씨 하나가 붙거나 용언에 어미가 변하여 말이 되는 교착어로서 딱히 의식하지 않아도 그냥 3·4조 또는 4·4조가 된다.

■ 소재 목록표

분류	소재
사람	가족, 할아버지, 할머니, 아버지, 어머니, 나, 형, 누나, 언니, 오빠, 동생, 삼촌, 의사, 선생님, 집배원 아저씨
생리현상	감기, 꿈, 눈물, 딸꾹질, 땀, 미소, 방귀, 울음, 잠, 잠꼬대, 재채기, 하품, 헛기침
학교	선생님, 책가방, 공부(점심,, 청소)시간, 우리(학교,, 교실), 도서실, 컴퓨터, 운동회, 학예회, 소풍, 수학여행
학용품	책, 노트, 일기장, 연필, 색연필, 지우개, 필통, 크레용, 크레파스, 색종이
장난감	구슬, 딸랑이, 로봇, 모빌, 비눗방울, 솜사탕, 오뚝이, 장난감, 청룡열차, 풍선
운동	검도, 권투, 농구, 레슬링, 롤러스케이트, 물구나무서기, 배구, 사격, 수영, 쇼트트랙, 스케이트, 썰매, 야구, 양궁, 운동화, 유도, 자전거, 족구, 줄넘기, 체조, 축구, 태권도, 택견, 피구
민속놀이	강강술래, 그네타기, 널뛰기, 농악, 눈싸움, 연날리기, 제기차기, 줄넘기, 투호

과일	감, 감귤, 곶감, 매실, 바나나, 배, 복숭아, 사과, 살구, 수박, 오렌지, 오얏, 유자, 자두, 참외, 포도, 홍시
야채	토마토, , 고추, 당근, 도라지, 무, 배추, 상추, 시금치, 쑥갓, 아욱, 우엉, 양파
음식	냉면, 도시락, 두부, 떡, 떡국, 미역국, 불고기, 비빔밥, 빵, 생일잔치, 외식, 케익, 피자, 아이스크림
꽃	개나리, 과꽃, 금낭화, 꽃밭, 나팔꽃, 동백꽃, 들국화, 들꽃, 맨드라미, 매화, 메밀꽃, 목련화, 민들레, 벚꽃, 장미, 접시꽃, 제비꽃, 진달래, 찔레꽃, 채송화, 코스모스, 패랭이꽃, 할미꽃, 해바라기
식물	풀, 잔디, 억새, 나무, (소, 밤, 대, 대추)나무, 숲, 나뭇잎, 가랑잎, 단풍잎, 느티나무, 사철나무, 은행나무
가축	강아지, 닭, 돼지, 말, 병아리, 소, 송아지, 염소, 오리, 칠면조, 타조, 토끼
동물	동물원, 기린, 곰, 공작, 낙타, 돌고래, 물개, 비둘기, 사슴, 사자, 새, 악어, 원숭이, 코뿔소, 펭귄, 호랑이
자구	가을, 강, 겨울, 구름, 그림자, 낮, 내일, 눈, 눈사람, 달, 달밤, 보름달, 땅, 모래, 무지개, 물, 바다, 바람, 밤, 별, 봄, 비, 산, 서리, 시간, 시계, 아침, 어둠, 어제, 오늘, 저녁, 정오, 태양, 하늘, 해, 햇볕, 햇살
명승고적 (경주)	다보탑, 문무왕릉, 박물관, 반월성, 불국사, 석가탑, 석굴암, 에밀레종, 천마총, 첨성대, 태종무열왕릉
상상의 세계	귀신, 그리움, 꿈, 마음, 사랑, 시, 영혼, 인정, 하늘나라
행사	결혼식, 방학, 생일, 설날, 신체검사, 야구, 구경, 어린이날, 여행, 영화, 보기, 운동회, 입학식, 졸업식, 학예회

※ 쓴 소재는 X표 하거나 빗금으로 지워서 표시를 해둔다.

■ 시조 쓰기를 위한 말짓기 놀이

※ 소재 - 학교, 빈 곳에 보기와 같은 율조의 구문을 만들어 봅시다.

구분	계속되는 말	끝나는 말
3·4조	아이들 옹기종기, 축구가 재미있어 예쁜 꽃 피어나고, 달리기 구르면서	창가에 모였어요, 노래를 부릅니다 맹꽁가 울어쌓네, 그림이 예쁘구나
4·4조	운동장이 들썩들썩, 공부시간 끝나고서 시험공부 하다보면, 시조 짓기 재밌는지	도서실이 빼빼하다, 표창장을 받았어요 나만 보면 도망가네, 음악실로 갔습니다
3·5조	선생님 칭찬 듣고서, 공부가 지겹지 않고 우리가 나무라 해도, 한참을 달리고 나면	마음이 무겁습니다, 산처럼 우뚝 섰네요 오늘도 힘이 솟는다, 내게로 달려온다네
4·3조	고개 숙인 내 마음, 이기고야 말 거야 무얼 하면 좋을까, 책읽기가 좋아서	하루해가 짧구나, 점심 먹고 싶어라 나도 따라 해봤다, 쉴 새 없이 바쁘네

Ⅶ. 어린이시조 쓰기 실제 지도

1) 어린이 세계가 들어 있고, 어린이가 쓴 느낌이 들어야
   한다. (시조로서의 느낌, 태깔 같은 것은 기본적으로 들
   어 있어야 하지만 그것만으로는 부족하다.)

> 좋은 추억 나쁜 추억 담아놓은 기억 속에
>
> 친구도 부모님도 먼 친척들도 있어요
>
> 인정을 버무려 놓은 장독 같은 내 고향

- 「고향」 전문

　이 작품은 시조로서의 느낌은 탁월해요. 종장에서 '인정
을 버무려 놓은'이라는 표현은 기성 시인 같은 멋진 표현
으로서 시조의 태깔은 훌륭하다. 그러나 '추억'이니 '기억',
친구 친척 등의 딱딱한 말이 너무 많고 어딘지 어른이 말
하는 듯한 느낌이 듭니다. 즉 어린이 세계가 보이거나 어
린이의 동심 같은 게 느껴지지 않아 어린이시조로서는 부
족하다.

> 껌벅껌벅 커다란
>
> 눈망울 빛을 내며
>
> 온 세상 그림 그려

눈 속에 담고 싶어

어두운

풀밭 이리저리

동그란 눈 굴린다

– 「부엉이」 전문

　이 시조는 부엉이를 보는 어린이의 마음이 잘 나타나 있다. 부엉이의 모습을 잘 관찰했고 그 특징으로 눈망울이 커다란 이유를 나름대로 상상력을 발휘하여 세상 그림을 눈 속에 담고 싶다고 한 것은 생각하는 힘이다. 그러나 이 작품은 외형률이 잘못되었다. 어딜까? 종장에서 찾아보면, '어두운/ 풀밭 이리저리/ 동그란 눈/ 굴린다'로 구를 나누었으나 '어두운 풀밭/ 이리저리/ 동그란 눈/ 굴린다'로 읽히므로 3/5/4/3의 종장 율격이 맞지 않는다. 이런 부분은 기성 시인들도 잘 틀리므로 조심해야 한다.

2) 주제와 소재의 통일성, 감칠맛 있어야 한다. (밋밋한 맹물 아닌 소금기 있는)

아장아장 뒤뚱뒤뚱 매끄러운 풀밭에서

뒤뚱뒤뚱 첨벙첨벙 시원한 물속에서

닮은꼴 아기와 오리 하늘도 함께 논다

이 시조는 아기와 오리는 하늘이 비치는 얕은 시내에서 오리를 쫓으며 놀고 있는 천진스러운 아가의 모습과 뒤뚱뒤뚱 걷다 물에 둥둥 떠가는 하얀 오리가 눈에 보이는 듯이 평화스럽게 표현했다.

이 시조의 주제가 평화로운 광경이라면 그런 광경을 나타내기 위해 동원한 풀밭, 물(시냇물), 오리와 아기를 소재로 알맞게 끌어와 '아장아장', '뒤뚱뒤뚱', '첨벙첨벙' 같은 의성어를 질서 있게 사용하여 주제의 통일성을 부각시킨 점이 돋보인다.

소재들을 잘 버무려 아기와 오리가 닮은꼴이라 한 것도 눈에 보일 듯 선명하고 거기다 난데없이 '하늘'을 끌어와 '하늘도 함께 논다'는 종장이 전체적으로 감칠맛을 내고 있다. 시조는 밋밋하게 흘러가서는 안 된다. 종장에서 뒤집는 변화 즉 맛으로 치면 밋밋한 국에 소금이란 간을 치지 않으면 안 된다. 이것이 시조가 시와 다른 점이란 것이다.

3) 진실한 체험과 공감 주는(그럴듯한) 상상력

정말 팔이 아프겠다

시계 속에 있는 사람

쉬지 않고 째깍째깍

원을 그리는 사람

정말로

어지럽겠다 시간을 맞추려면

　둥근 외형의 시계 속에 사람이 들어가 있다는 말이 그럴듯하다. 두 팔을 돌려 쉬지 않고 시간을 맞추는 시곗바늘을 사람으로 의인화한 것도 그럴듯하다. 시계를 보고 직감적으로 사람을 떠올리는 상상력이 엉뚱하지 않고 공감을 준다. 이는 체험이 진실하고 남을 동정하는 순수한 동심이 있기 때문이다.

하늘의 구름은 푸근한 아빠 품

반짝이는 해님은 따뜻한 엄마 품

예쁘게 자라라면서 보살펴 주신다

이 시조는 자기만의 느낌이 없이 누구나 생각하고 있는 일반적인 말로 하늘을 노래하고 있다. 그러니까 별다른 감흥이 없다. 상상력도 구름이나 해님을 그저 아빠 품, 엄마 품이라고 하고 종장의 결론도 그냥 산문일 뿐이다. 시에는 자기만의 느낌, 자기만의 상상력이 들어가 있어야 한다.

파아란 하늘 편지 봄소식 타고 오네

편지가 왔다고 파란 종을 치고

제비들 배달하는 소리 하늘 가득 피어요

— 「파란 편지」 전문

이 시조는 똑같은 하늘을 두고 구체적으로 제비가 나는 하늘을 집어내어 봄 제비 나는 모습을 편지가 왔다고 하고, 파란 편지 종을 친다는 말이 엉뚱하다. 이는 푸른 하늘을 나는 제비를 몸으로 보고 그 체험에서 나온 느낌을 글로 적었기에 가능한 것이다.

종장에 가서 봄 제비 떼가 하늘 가득 나는 모습을 편지 배달하는 소리로 바꾼 솜씨가 대단하다. 이 학생은 시를 짓는 기술을 배우지 않았으나 자기도 몰래 그 기술을 아는 천부적인 자질을 가졌다. 파란 하늘과 파란 종소리라는 시각적이고 청각적인 시어를 고를 줄 알고 이 두 요소가 한 화면 위에 그림처럼 가득 채워놓는 솜씨가 여간 아니다.

　이것은 누가 가르쳐서라기보다 시적인 마음 즉 시심을 가지고 시를 편하게 쓰면 그냥 멋진 시가 되는 예를 잘 보여주고 있다. 시와 시조를 쓰는 것은 바로 이와 같은 것이다.

4) 제목과 내용의 적합성, 주제 부각하기 위한 배려

　　밤송이 궁금해서 톡톡톡 튀는 소리

　　은행나무 잎이 지는 차르르 쏟는 소리

　　가을은 소리 내고 싶어서 자꾸만 말한다

　　　　　　　　　　　　　- 「가을의 발소리」 전문

　이 학생은 '가을의 발소리'를 들을 줄 아는 특이한 감성을 가지고 있다. 흔히 가을은 빛깔로 말하기 쉽지만 '소리'에 주목하여 가을이라는 막연한 주제를 밤송이, 은행잎 같은 구체적인 소재로 멋지게 표현하였다. 제목과 내용이 적합하고 가을이라는 주제를 부각하기 위한 배려가 돋보인다. 이러한 배려가 종장에 가서 '가을은 소리 내고 싶어서 자꾸만 말을 한다.'는 멋진 표현을 끌어내었다. 이것이 소위 '진술'이라는 시적 표현이다. 이처럼 주제와 소재가 따로 놀지 않고 어울릴 때, 시는 감동을 줄 수 있다.

5) 생각보다 가슴으로 써라. (눈에 맨 먼저 띄는 물건, 느낌을 그대로)

담장 안 볕살 끌어 담장 흙 다져가며
디딤돌 꼬옥 잡고 발발발 다가서며
해 보고 눈 비비면서 한발 한발 올라선다

– 「담쟁이」 전문

   여기 한 학생이 담쟁이를 보고 섰다. 햇살 밝은 날 가녀린 담쟁이 이파리가 바람에 흔들리면서 담장 꼭대기에 막 올라서려는 모습을 보고 아이는 소리를 지른다. 조금만 힘내라 하고 속삭이는 소리가 들릴 것 같다. 이 시조는 그런 마음을 아무 꾸밈없이 눈에 맨 먼저 띄는 대로, 다가오는 느낌 그대로를 생각이 아닌 가슴으로 쓴 것이다. 시는 이런 것이다. 하나도 어려울 거 없다. 문제는 시적 발견이다. 눈에 들어오는 사물의 현상을 내 가슴이 받아들이는 대로 글로 옮기기만 하면 된다.

6) 설명 없이 단도직입적으로, 시적 표현 반드시 1~2구 이상 삽입

   시조에는 초, 중, 종장 등 3개의 장이 있는데 어느 한 장이든 시적 표현이 들어 있어야 한다. 그런 것이 없으면 그냥 밋밋한 시, 아니면 운문이 아닌 산문의 나열일 뿐이다.

> 활짝 핀 개나리 노란 전구 달았다
> 어느 봄날 온 세상이 빛을 받아 환해졌다
> 전구가 꺼져 버릴까
> 바람도 조심조심

– 「개나리가 활짝 핀 날」 전문

　어느 봄날, 개나리가 활짝 핀 날의 감상을 적은 것이다. 여기서 긴 설명 없이 바로 개나리 줄기에 달린 개나리꽃을 '노란 전구'라고 부른다. 이것이 이 시의 주제인 개나리꽃의 짝이 된다. 이 노란 전구가 불을 켜니까 세상이 환해진다는 것이 이치에 맞는 상상이 된다. 그래도 이런 정도로는 아직 감동이 미흡한데 종장에 가서 '전구가 깨질까 봐 바람도 조심'한다는 말이 이 시조를 확 살려내고 있다. 이 한마디의 진술로 봄바람이 살랑대는 모습도 느껴지고 봄날의 환한 풍경이 시적으로 되살아나는 것 같다.

　물 넣고 스프 넣고 4분간 끓고 나면

젓가락 네 개가 엎치락 뒤치락

얼굴엔 웃음이 가득한데 냄비 속은 전쟁 중

– 「라면」 전문

라면을 끓여 먹는 광경을 있는 그대로 썼을 뿐, 여기 어디에도 생각을 굴려 쓴 흔적은 없다. 종장에서 냄비 속이'전쟁 중'이라고 한 것이 이 시조의 포인트다. 이런 표현이 시적 표현으로 이 시조를 살리고 있다. 이것이 없으면 시조가 아닌 평범한 산문에 불과하다.

7) 너무 객관화하지 말 것. 비유나 상징이 어색하지 않아야 한다.

8) 생각의 비약, 상상력 동원, 특이한 글감 찾기, 평범한 글감 속 자기의 개성 발휘.

온종일 쉬지 않고 일하며 먹고사는

한 가족 세 사람은 일솜씨 다르지만

배고파 밥 달라면서 부지런히 일해요

– 「시계」 전문

시계를 일만 하는 사람으로 본 시각이 독특하다. 그리고 밥 달라고 조르는 배고픈 가족으로 본 것이 재미있게 느껴지기보다 가슴 아프게 느껴진다. 여기서 시곗바늘을 '세 사람'으로 본 시각은 생각이 비약한 것으로 참으로 깜찍하다. 이것이 시의 짝이자 포인트다. 글쓴이는 자기 이야기나 주변에 어렵게 사는 사람들을 따뜻한 마음으로 바라본 마음씨가 잘 나타나 있다. 이렇게 평범한 시계라는 글감을 보고도 자기의 생각 굴림에 따라 얼마든지 개성을 발휘할 수 있는 것이다.

9) 이미지 단순화하기, 군말, 여러 말 하지 말기.

> 손바닥을 다쳤나 새빨간 단풍잎
> 가늘고 예쁜 손 빨갛게 물들었네
> 산 너머 붉은 해님에게 손 흔들다 물드나
>
> — 「단풍잎」 전문

그러고 보니 단풍잎은 손바닥처럼 생겼다. 그 새빨간 단풍잎이 어찌나 고운지 이 아이는 순간적으로 손에 든 단풍잎이 손바닥처럼 느낀 것이다. 이렇게 단풍잎➝손바닥이라 느끼자 바로 빨간 손바닥→쉬는 시간에 장난치다 넘어져 다친 생각을 떠올려 빨개진 까닭을 대고 그것이 다시 발전하여 해님에게 손 흔들다 손을 데어 빨개졌다고 상상한다. 이처럼 한번 떠올린 이미지를 그대로 일관성 있게 상상력을 굴려 끌고 가 이런 좋은 시조를 만나게 된다. 시조는 짧아서 여러 말 하려 들면 안 된다. 한번 느낀 감상을 군말 없이 단순화하여 풀어 쓰면 의외로 좋은 시가 될 때가 많다.

10) 문법적으로 통사적 맞게 쓰기, 어린이다운 시각으로 쓸 것, 어른 흉내 말아야 한다.

11) 시조의 3장에 따른 의미의 삼단구조에 맞게 쓰기.

> 왼쪽엔 푸푸푸푸
> 오른쪽은 파파파파
>
> 가운데 피피피피
> 바람이 그 속으로
>
> 들어가 봄나들이를
> 가족들과 가지요
>
> — 「하모니카」 전문

이 학생은 하모니카를 소리 나는 구멍을 따라가며 의성어로 실감이 나게 잘 그렸지만, 시조의 심장 구조에 맞지 않다. 즉 '바람이 그 속으로// 들어가 봄나들이를/가족들과 가지요'를 보면 초, 중, 종장이 독립되지 못하고 중장 후반부와 종장이 한 문장으로 되어 있다. 시조는 3장이 각각 독립된 문장이 되어 하나의 시상을 이끌어야 한다.

12) 어린이다운 표현, 깜찍하고 엉뚱한 발상, 살아있는 비유.

> 바다는 왜 파랄까 바위에 부딪쳐서
> 파랗게 멍이 났나 새들은 알 것인데
> 새들아 바다가 넘어졌니
> 바닷물은 아파요

– 「바다」 전문

바다는 왜 파랄까 바위에 부딪쳐서/ 파랗게 멍이 났나 새들은 알 것이라고 한 초, 중장은 잘 되었어요. 바다가 파란 것은 바위에 부딪혀서 멍이 들었다는 발상은 깜찍하고 상상력이 엉뚱하므로 아주 좋다. 그러나 엉뚱함이 지나쳐 종장이 말이 안 돼요. '바다가 넘어졌나' 하는 표현은 너무 어색해요. 바다는 늘 넘어져 있는데 (즉 누워 있는데) 어떻게 또 넘어질 수 있나? 비유나 상상은 논리적으로 가능한 것이 아니면 적절치 못하고 적절치 못한 것은 감동을 줄 수 없다.

13) 종장의 마무리가 알차야, 비약이 어설프거나 빈약하지 말아야 한다.

14) 관념어 사용에 조심하자(추억, 세월, 희망, 사랑, 우정, 성격, 건강, 통일, 조국, 침묵 등)

> 바람은 심술쟁이 슬픔만 남겨놓네
> 바람은 얄미워라 걱정만 남겨놓네
> 언제면 잠잠해질까
> 게임 바람 춤바람

– 「바람」 전문

이 학생은 '바람'을 자연 바람이 아닌 춤바람, 게임 바람 같은 사람 사이에서 이는 바람으로 비약하고 있다. 자칫 어린이답지 않은 발상이나 이것 또한 어린이가 직접 쓴 시조니까 어린이들의 눈에도 이런 바람은 슬픔과 걱정을 남겨놓는다고 하는 생각이 드니 우리 모두 나쁜 바람은 조심해야겠다. 시나 시조에서는 '슬픔'이니, '걱정'이니 하는 말은 다 딱히 어떤 형태가 없어 관념어라고 부른다. 이러한 관념어는 사용을 아주 조심해야 한다. 구체적인 그림은 구체적인 말로 (즉 구체어) 해야 한다. 이 시조에서는 바람을 '심술쟁이', '얄미운'으로 표현하여 구체성을 부여하고는 있지만 너무 직접적이고 내용의 발전이 없어 전체적으로 감칠맛이 부족하다. 그래도 무분별한 게임이나 춤바람 때문에 겪는 아이들의 고통을 느낄 수 있는 점에서 이 시조는 실패한 것은 아닌 것 같다.

Ⅷ. 좋은 작품 감상을 통한 시조 창작

감상은 비평과 다르다. 비평은 남의 작품의 잘, 잘못을 가리고 독자의 바른 이해를 돕는 객관적인 자세를 견지하는 것이나, 감상은 작품을 읽고 공감하거나 받는 주관적인 작업이다. 시조의 감상도 마찬가지나 동시조 내지 어린이시조의 감상은 일반적인 시조 즉 성인의 시조와는 다르다. 시조 일반의 미감보다도 동심의 표출 정도와 시조가 드러내는 동심을 받기 위한 목적이 강해야 한다.

그런데 동시조와 어린이시조는 그 정의가 다르듯이 감상 포인트도 약간 다르다. 둘 다 동심의 발견과 문학성의 성취 여부가 감상의 포인트이긴 하지만 어린이시조는 순수한 동심의 발견에 주안점이 있으나 동시조는 작품 자체 내의 문학성 외에 교훈적이거나 교육적인 내용이 어떻게 얼마나 들어 있는가 하는 것이 부가된다. 먼저 동시조를 감상해 보자.

1) 동시조 감상의 실제

① 걸으면서 생각한다.
  시조는 틀이 있으므로 그 그릇에 생각(무언가 느껴지는 것)을 담으면 된다. 형식이란 틀이 없으면 그냥 아무렇게 써놓으면 되지만 시조는 틀이 있으므로 그 틀에 담아야 하므로 오히려 그 틀이 있기에 더 쉬워진다.

② 종장의 중요성
  시조 한 수의 무게 중심은 종장 (위 시조; 고개 드는 할미꽃)에 있으므로 다른 이미지는 모두 이 주 이미지(종장 이미지)에 수렴시켜야 한다(순접의 경우). 시조를 파도에 비유하면 한 수의 시조는 잔 파도(초장)→큰 파도(중장)→비약(종장 전반부)→마무리/꺼짐(종장 후반부)으로 되어 있습니다. 초장과 중장은 그 자체로서 하나의 보여주기(상의 도입, 제시)에 지나지 않는다. 자유시는 이것만으로도 한 편의 시라고 내세울 수 있으나 시조는 이것만으로는 안 되고 반드시 제시된 상황의 변화 즉, 비약과 결말이 있어야 한다. 이것이 종장에 다 있다.

   자연을 그리라면 하늘을 그리리라

노래를 부르라면 오월을 부르리라

시원한 바람이 오면 나의 귀도 열리리

- 「오월」 전문

이 시조는 계절의 여왕, 오월을 노래하고 있는데 그림을 그리라면 하늘을 그리고 노래를 부르라면 오월을 부르겠다는 것은 오월을 최대로 나타낸, 가장 아름답고 가장 사랑하는 하늘과 노래를 오월은 다 가지고 있는 피안의 세계도 된다.

그러나 이것은 오월의 모습을 평면적 현상으로 보여주고 있을 뿐인데 여기서 끝난다면 밋밋할 뿐인 이 시가 종장의 변화가 오면서 단연 활기를 띤다. '시원한 바람이 오면'은 계절을 입체화하는 말이며 '나의 귀도 열리리'라는 것은 물아일체 즉 계절 속에 내가 합일되어 오월의 환희를 만끽하겠다는 의지이다.

이 효과적인 이미지로 종장의 반전이 있음으로써 시 속에 '나'가 들어가 시를 살려내는 것이다. '시원한 바람이 오면'은 '귀인이 오면'으로 바꾸어볼 수 있으며 '나의 귀가 열리리'라는 나의 희망이 이루어지리라는 뜻도 되어 종장에서 오월 예찬(주제)을 의미가 수렴되고 있는 예를 보여준다.

싸우다 떨어진 맘

널 빌려 붙여볼가

우리 사이 좋은 사이
딱 맞게 붙여질까

친구랑 미술 시간에
눈 마주쳐 웃는다

—최성아, 「딱풀」 전문

학교의 나팔꽃도
시간표 있나 봐요

어제는 체육 시간
줄타기를 하더니

오늘은
음악 시간에
나팔 부네 따따따

—양계향, 「나팔꽃」 전문

연필도 공부하긴
나만큼 싫은가 봐

방안에 드러누워

요리 때굴 조리 때굴

오늘은
엄마 없는 날
때굴때굴 놀자네.

— 서관호, 「연필」 전문

찬바람 가위질에 새봄은 바위 낸다

숨죽인 꽃잎들이 펑펑펑 손뼉 치면

뛰노는 아이들까지 이겼다고 와아아

— 최성아, 「가위바위보」 전문

IX. 맺으며

정형시는 나라마다 민족마다 다 다르다. 중국의 절구, 일본의 하이쿠, 서양의 소네트가 전통적인 정형시인데 우리 한민족에게는 그에 못지않은 정형시로서 시조가 있다. 시조는 7백 년의 긴 세월 동안 우리 민족의 전통시였다.

우리말이 어느 개인이 만든 것이 아니듯이 시조의 틀도 어느 개인이 만든 것이 아니고 오랜 세월에 걸쳐 저절로 우리 민족의 감정에 맞게 만들어진 것이다. 시조는 지난

700년간 조금도 변함없이 원형이 그대로 지켜져 내려온 문화유산이다.

물론 옛날의 시조는 '고시조'라고 하고 지금은 '현대시조'라고 부르지만 그 틀은 변함없이 그대로다. 참으로 대단한 일이다. 이처럼 시조는 우리 민족의 전통시, 민족시로서 우리 선조들과 호흡을 같이 해온 우리 민족의 유일한 정형시이다. 그러므로 정형시인 시조는 누구나 힘들이지 않고 저절로 이 틀에 맞춰 쓸 수가 있다. 3장 6구 12음보 45글자 내외의 시조 형식 안에 얼마든지 상상의 동심(동시조)이든 현실 속의 동심(어린이시조)이든 다 담아낼 수 있다.

* 참고 문헌

- 故 박구하. 『아름다운 우리 시조, 이렇게 쓴다』(문학과청년)

- 서관호. 『시조 쓰기를 위한 말짓기 놀이』(표, 소재 목록표)

- 최성아. 『교과서를 통한 시조 교육』(2015)

최성아 제3동시조집

가위바위보

발행일 2023년 5월 1일

지은이 최성아
펴낸이 안혜숙
디자인 임정호

펴낸곳 문학의식사
등록 1992년 8월 8일
등록번호 785-03-01116
주소 우 23014 인천시 강화군 하점면 강화대로 939
        우 04555 서울 중구 수표로6길 25 501호(서울 사무소)
전화 032.933.3696
이메일 hwaseo582@hanmail.net

값 10,000 원
ISBN 979-11-90121-45-3 03810

ⓒ 최성아, 2023
ⓒ 문학의식사, 2023 published in Korea

*잘못된 책은 바꾸어 드립니다.
*저작권자와 출판사의 허락 없이 책의 전부 또는 일부 내용을 사용할 수 없습니다.
*본 도서는 부산문화재단의 지원을 받아 제작되었습니다.